CW00838799

pigion 2000

Blas ar y sgrifennu gorau yn y Gymraeg

Y gyfres hyd yn hyn:

1. WALDO - *Un funud fach*
2. Y MABINOGION - *Hud yr hen chwedlau Celtaidd*
3. GWYN THOMAS - *Pasio heibio*
4. PARSEL NADOLIG - *Dewis o bytiau difyr*
5. DANIEL OWEN - *'Nid i'r doeth a'r deallus . . . '*
6. EIGRA LEWIS ROBERTS - *Rhoi'r byd yn ei le*
7. DIC JONES - *Awr miwsig ar y meysydd*
8. GWLAD! GWLAD! - *Pytiau difyr am Gymru*
9. CYNAN - *'Adlais o'r hen wrthryfel'*
10. ISLWYN FFOWC ELIS - *'Lleoedd fel Lleifior'*
11. KATE ROBERTS - *Straeon y Lôn Wen*
12. DEG MARC! - *Pigion Ymrysonau'r Babell Lên 1979-1998*

Y teitlau nesaf:

13. T.H. PARRY-WILLIAMS
14. LIMRIGAU GORAU'R GYMRAEG
15. T. GWYNN JONES
16. O.M. EDWARDS

Golygydd y gyfres: Tegwyn Jones
Cyhoeddwyr: Gwasg Carreg Gwalch
Pris: £1.99 yr un

pigion 2000

CYNAN

'Adlais o'r hen wrthryfel'

Golygydd y gyfres:
Tegwyn Jones

Argraffiad cyntaf: Awst 1999

Ⓗ Pigion 2000: Gwasg Carreg Gwalch
Ⓗ testun: Sioned O'Connor

Ni chaniateir defnyddio unrhyw ran/rannau
o'r llyfr hwn mewn unrhyw fodd
(ac eithrio i ddiben adolygu)
heb ganiatâd perchennog yr hawlfraint yn gyntaf.

Rhif Llyfr Safonol Rhyngwladol:
0-86381-508-1

Cyhoeddir o dan gynllun comisiwn Cyngor Llyfrau Cymru.
Cynllun y clawr: Adran Ddylunio'r Cyngor Llyfrau.

Argraffwyd a chyhoeddwyd gan Wasg Carreg Gwalch,
12 Iard yr Orsaf, Llanrwst, Dyffryn Conwy.
Ffôn: 01492 642031
Ffacs: 01492 641502
e-bost: llyfrau@carreg-gwalch.co.uk
lle ar y we: www.carreg-gwalch.co.uk

Cedwir hawlfraint holl waith Cynan gan ei wyres, Sioned O'Connor a dymunir diolch iddi am ei chaniatâd i ailgyhoeddi'r cerddi sydd yn y gyfrol hon.

Cynnwys

Cyflwyniad

I'r genhedlaeth honno o Gymry Cymraeg twymgalon a oedd yn ieuanc yn ystod chwedegau'r ganrif hon, yr oedd Cynan yn ymgorfforiad o'r 'sefydliad'. Yr 'Aga Cynan' hwn, fel y galwyd ef gan rywun, yn ei holl ysblander a'i rwysg Archdderwyddol, parotach na neb i wahodd ac i groesawu'r teulu brenhinol i'r Eisteddfod Genedlaethol, cefnogwr mawr yr Arwisgo yn 1969, a derbynnydd urdd marchog ar law ei Mawrhydi yn yr un flwyddyn. A gafwyd erioed gocyn hitio mwy delfrydol i genhedlaeth wrthryfelgar serennog ei llygaid? Nid rhyfedd iddi fynd ati gydag arddeliad i'w ddychanu a'i bryfocio mewn gair a chartŵn, heb sylweddoli (neu ddewis peidio, efallai) mai hen rebel ydoedd yntau, a glywodd sawl adlais mae'n siŵr, o'i hen wrthryfel wrth wenu uwchben ei stranciau hi. Pan oedd ef yn ieuanc, fe'i taflwyd, fel miloedd o Gymry eraill, i ganol heldrin y Rhyfel Mawr, ac megis Siegfried Sassoon, Edward Thomas ac eraill o blith beirdd Seisnig y cyfnod, canodd bryddestau a cherddi i gondemnio'r gwallgofrwydd hwnnw a daflodd filiynau i'w beddau annhymig. Ac wrth wneud hynny, gwrthryfelodd hefyd yn erbyn safonau derbyniol ei ddydd ym myd barddoniaeth. 'Cynan,' meddai Alan Llwyd, mewn rhifyn diweddar o Barddas, 'yn anad neb, yn "Mab y

Bwthyn" ac yn "Y Tannau Coll", a dynnodd y bryddest allan o'r merddwr geirfaol yr oedd ynddi cyn y Rhyfel. Chwiliodd am iaith blaenach a llai barddonllyd'. Yn Eisteddfod Genedlaethol Pont-y-pŵl, 1924, gwelwyd ef yn cicio dros y tresi eto pan anfonodd awdl i gystadleuaeth y Gadair ar y mesur tri thrawiad, mesur a ganiateid gan ddosbarth o Gerdd Dafod, a ddyfeisiwyd gan Iolo Morganwg. Pan gofir i'r awdl ennill, ac mai un o'r beirniaid oedd neb llai na Syr John Morris-Jones, y tueddai enw Iolo i fod yn ddrewdod yn ei ffroenau, ni ellir ond edmygu hyfdra'r ymgeisydd, heb sôn am ragoriaeth ei gerdd. Ond a rhoi ei gerddi gwrthryfelgar cynnar o'r neilltu, cofiwn hefyd i Gynan ganu rhai o delynegion, carolau a baledi mwyaf swynol a chofiadwy'r ganrif hon, llawer ohonynt yn dwyn ar gof swyngyfaredd yr 'hen benillion' yr oedd ganddo gymaint o feddwl ohonynt. Ceisiwyd cynnwys sawl gwedd ar ganu Cynan yn y gyfrol hon, ond addefwn mai saig yn unig ydyw. Am y wledd yn gyfan gweler y casgliad cyflawn o'i gerddi.

Aberdaron

Pan fwyf yn hen a pharchus,
Ag arian yn fy nghod,
A phob beirniadaeth drosodd
A phawb yn canu 'nghlod,
Mi brynaf fwthyn unig
Heb ddim o flaen ei ddôr
Ond creigiau Aberdaron
A thonnau gwyllt y môr.

Pan fwyf yn hen a pharchus,
A'm gwaed yn llifo'n oer,
A'm calon heb gyflymu
Wrth wylied codi'r lloer;
Bydd gobaith im bryd hynny
Mewn bwthyn sydd â'i ddôr
At greigiau Aberdaron,
A thonnau gwyllt y môr.

Pan fwyf yn hen a pharchus
Tu hwnt i fawl a sen,
A'n cân yn ôl y patrwm
A'i hangerdd oll ar ben;
Bydd gobaith im bryd hynny
Mewn bwthyn sydd a'i ddôr
At greigiau Aberdaron
A thonnau gwyllt y môr.

Oblegid mi gaf yno
Yng nghri'r ystormus wynt
Adlais o'r hen wrthryfel
A wybu f'enaid gynt.
A chanaf â'r hen angerdd
Wrth syllu tua'r ddôr
Ar greigiau Aberdaron
A thonnau gwyllt y môr.

Hwiangerddi

Arglwydd, gad im bellach gysgu,
Trosi'r wyf ers oriau du:
Y mae f'enaid yn terfysgu
A ffrwydradau ar bob tu.

O! na ddeuai chwa i'm suo
O Garn Fadryn ddistaw, bell,
Fel na chlywn y gynnau'n rhuo
Ond gwrando am gân y dyddiau gwell.

Hwiangerddi tyner, araf,
Hanner-lleddf ganeuon hen,
Megis sibrwd un a garaf
Rhwng ochenaid serch a gwên;

Cerddi'r haf ar fud sandalau'n
Llithro dros weirgloddiau Llŷn;
Cerddi am flodau'r pren afalau'n
Distaw ddisgyn un ac un;

Cerdd hen afon Talcymerau
Yn murmur rhwng yr eithin pêr,
Fel pe'n murmur nos-baderau
Wrth ganhwyllau'r tawel sêr.

Cerddi'r môr yn dwfn anadlu
Ger Aber-soch wrth droi'n ei gwsg;
Cerddi a'm dwg ymhell o'r gadlu,
Cerddi'r lotus, cerddi'r mwsg.

O! na ddeuai chwa i'm suo,
O Garn Fadryn ddistaw, bell.
Fel na chlywn y gynnau'n rhuo
Ond gwrando am gân y dyddiau gwell.

Capel Nanhoron

Y mae capel bach gwyngalchog
Ym mhellafoedd hen wlad Llŷn.
Dim ond un cwrdd chwarter eto
Ac fe'i caeir, – dim ond un.
Y mae llwydni ar bob pared,
Dim ond pridd sydd hyd ei lawr.
Ond bu engyl yn ei gerdded
Adeg y Diwygiad Mawr.

Ni chei uchel allor gyfrin,
Na chanhwyllau hir o wêr,
Na thuserau'r arogldarthu
Yma i greu'r awyrgylch pêr
Sydd yn gymorth i addoli
Ac i suo'r cnawd a'r byd,
Ac i roddi d'enaid dithau,
Mewn perlewyg yr un pryd.

Ni chei gymorth yr offeren
I ddwyn Duw i lawr i'r lle,
Na chyfaredd gweddi Ladin,
'*Miserere Domine*'.
Ni chei yma wawr amryliw:
Dwl yw'r gwydrau megis plwm, –
Dim ond moelni Piwritaniaeth
Yn ei holl eithafion llwm.

Ond er mwyn 'yr hen bwerau'
A fu yma'r dyddiau gynt,
Ac er mwyn y saint a brofodd
Yma rym y Dwyfol Wynt,
Ac er mwyn eu plant wrth ymladd
Anghrediniaeth, ddydd a ddaw,
Amser, sy'n dadfeilio popeth,
Yma atal di dy law.

Llanfihangel Bachellaeth

(I Gwilym T.)

Yn Llanfihangel Bachellaeth
Mae'r lle tawela 'ngwlad Llŷn,
Yn Llanfihangel Bachellaeth,
Pe caet dy ddymuniad dy hun,
Heb ffwdan na hir baderau
Fe roddem dy gorff i lawr
Lle ni ddaw ond cân ehedydd
I dorri'r distawrwydd mawr.

Dygyfor trwy Ddyffryn Nanhoron,
Dygyfor mor drist ag erioed
Bob gaeaf y byddai'r awelon
A chrïo'n ddigysur drwy'r coed.

Yn Llanfihangel Bachellaeth
Ni chlywit mohonynt mwy,
Ni chlywit mo'r gloch yn cyhoeddi
Awr weddi ffyddloniaid y plwy.

Ond pan ddeuai'r haf unwaith eto
A lliw dros holl fryniau bach Llŷn,
Y bryniau gwyryfol a fernaist
Mor lluniaidd â bronnau dy fun,
Yn Llanfihangel Bachellaeth
Dôi dagrau dy gariad drwy'r gro,
A'r grug a flodeuai yn borffor
O'th lwch yn hyfrydwch dy fro.

Eirlysiau

Ni chlywais lais un utgorn
Uwch bedd y gaeaf du,
Na sŵn fel neb yn treiglo
Beddfeini, wrth ddrws fy nhŷ.
Mi gysgwn mor ddidaro
Â Pheilat wedi'r brad;
Ond Grym yr Atgyfodiad
A gerddai hyd y wlad.

Oblegid pan ddeffroais
Ac agor heddiw'r drws
Fel ganwaith yn fy hiraeth,
Wele'r eirlysiau tlws
'Oll yn eu gynnau gwynion
Ac ar eu newydd wedd
Yn debig idd eu Harglwydd
Yn dod i'r lan o'r bedd'.

Gweddi Pysgodwr

O caniatâ bysgota im hyd angau, f'Arglwydd Dduw,
Ac wedi'r tafliad olaf oll fy ngwylaidd weddi yw:
Pan godir finnau yn dy rwyd i'm dwyn i'r lan o'r lli,
Fy nghyfrif trwy dy ras yn werth i'm cadw gennyt Ti.

Tre-saith

Beth sydd i'w weled yn Nhre-saith
Ym min yr hwyr, ym min yr hwyr?
Yr eigion euog a'i fron yn llaith
Yn troi a throsi mewn hunllef faith;
A hyn sydd i'w weled yn Nhre-saith.

Beth sydd i'w glywed yn Nhre-saith
Ym min yr hwyr, ym min yr hwyr?
Cri gwylan unig â'i bron dan graith
Yn dyfod yn ôl o seithug daith;
A hyn sydd i'w glywed yn Nhre-saith.

Beth sydd i'w deimlo yn Nhre-saith
Ym min yr hwyr, ym min yr hwyr?
Calon alarus, â'i hiraeth maith
Yn sŵn y tonnau yn caffael iaith;
A hyn sydd i'w deimlo yn Nhre-saith.

Afallon

Rhy hir yr ymdrechais yn erbyn y byd
Mae 'mreuddwyd yn chwilfriw a'm gobaith yn fud.
Mae ffynnon fy ngwaed tywalltedig yn sech.
Farchogion y Greal, mae'r byd yma'n drech
Na hyder yr ifanc – A myned yr wyf
I Ynys Afallon i wella fy nghlwyf.

Farchogion y Greal, ni chewch gan eich oes
Ond gwawd am eich breuddwyd, a fflangell a chroes.
Daw Medrawd neu Suddas i dorri'ch Bord Gron,
Ond ery'n ddi fwlch yn y Tir dros y Don.
Am hynny 'rwy'n myned yng nghuriad y rhwyf
I Ynys Afallon i wella fy nghlwyf.

Draw, draw dros y tonnau, fan honno mae'r tir
Lle daw holl freuddwydion yr ifanc yn wir;
Gwlad heulwen ddi gwmwl, gwlad blodau di ddrain;
Y wlad lle mae'r cleddyf am byth yn y wain.
Dan flodau'r afallen caf orffwys byth mwy
Yn Ynys Afallon, i wella fy nghlwy.

Y Garddwr Mwyn

John blannodd wely rhos fy ngardd
A thocio trefn ar lawnt a llwyn,
Nid oes un hedyn bach na thardd
Os bu tan law fy ngarddwr mwyn;
Ac yn fy nghalon i'r un pryd
Plannodd ei gyfeillgarwch drud.

Cyd-blanio a chyd-blannu a fu,
A chyd-ddyheu am ddyddiau braf,
A chyd-broffwydo am flodau lu
I lonni 'ngardd pan ddeuai'r haf,
Rhagweld trwy'r gaeaf, ar ei lin,
Wyneb yr ardd tan heulog hin.

Heddiw, a'r gwanwyn wrth fy nrws
Yn utgorn aur y daffodil,
A'r coed tan gynnar flagur tlws
Yn moli'r tociwr craff a'i sgìl,
Daeth ergyd. Clywais ei fod e',
Fy ngarddwr, wedi newid lle.

Ni'm ffaelodd i erioed o'r blaen,
Roedd ôl ei law ar ardd fu lom;
Ar ei holl waith yr oedd rhyw raen,
A chawsai lythyr, er fy siom,
Pe dwedsai'i fod am fynd ymhell
I weithio o dan feistr gwell.

Heb rybudd y'm gadawodd i
Ar alwad o'r brenhinol blas
Sydd mewn gardd-ddinas dros y lli
Lle tyf claerwynnaf lili gras.
Dim ond i Frenin yr ardd hon
Yr ildiwn i fy ngarddwr John.

Â Chas Perffaith

Casâf di, Gymru, am dy butain wên
I dreisiwr ar dy ddwyfron ysig di,
Am werthu ohonot erwau'n teulu hen
Yn ddibris iddo, a'th frenhinol fri.
Casâf di am it droi o'th reiol iaith
I sisial wrtho eiriau anwes rhad
Y taeog, do, a thithau'n gweld y graith
Ar fron dy chwaer, Iwerddon, trwy 'i hen frad.
Casâf di am it feddwi ar eiriau mêl
Ffyliaid a fawl eich gwely ar uchel ŵyl,
A phoeri ar bob proffwyd gwir a ddêl
Â geiriau sobrwydd atat yn lle hwyl.
Casâf di – ond tro draw dy lygaid glas
Rhag gweld mor debyg cariad gwir a chas.

Y Dyrfa

(Detholiad)

A dyma fi dan Groes y De,
A'm llong yn llithro 'mlaen
Trwy lyfnaf fôr am Singapore,
A'r dŵr yn ffosffor staen.
Fermiliwn, fioled, saffrwm, gwyrdd,
Yn gwau o fflam i fflam:-
Fel tân yr opal pan fai'r lamp
Yn twnnu ar fynwes 'mam;
Neu fel petalau melyn a choch
Yn nofio i lawr y lli,
Lle llithrai Dwyfach trwy'r Ddôl Aur,
Pan syrthiai'r gwair yn si
Pladur ddi dostur; neu fel troell
Y *scrum* symudliw'n troi,
A gorffwyll sêl am sodli'r bêl
Yn gwasgar ac ail grynhoi.
I mi ni bydd na sodli'r bêl
Na'i chipio ymaith mwy,
Na'r ras ardderchog am y lein
A'r fron ar hollti'n ddwy.
Nid eiddof i a fydd y rhawg
Eistedd yng nghysgod rhos
Y lamp, yn nhangnef tŷ fy mam
I ddarllen wedi nos.
Crwydro ni chaf am lawer haf
Hyd lannau Dwyfach lon,

Pan gyfyd llawer brithyll braf
At y petal ar y don.
Ond llafur blin dan farwol hin
Yn heintiau'r Dwyrain cras
Mewn rhyw ysbyty bach di nod,
I geisio dangos gras
Gwaredwr f'enaid i rai sydd
Yn gaeth gan ofnau trist.
Aeth asgell dde y Tîm Cymreig
Yn gennad Iesu Grist . . .

Fe ddaeth yr atgof eto'n glir
Megis o'r môr ar lam
Y dydd y cyrchais dros y lein
Â'r bêl yn Twickenham;
Heb glywed dim ond rhu y Dorf
Yn bloeddio'i deublyg nwyd,
Heb weled dim ond lein y gôl,
A'r llif wynebau llwyd.

Druan o hwnnw sy'n casáu
Wynebau'r Dyrfa fawr,
Gan dybio bod Barddoniaeth byth
Yn trigo lle bo'r Wawr
Yn cyffwrdd y pinaclau pell
Â swyn ei bysedd rhos,
Heb neb i'w gweld ond teithiwr blin
O unigeddau'r nos.

Druan o hwnnw a wêl gân
Mewn cae o feillion brith,
Na fyn weld cân mewn tyrfa fawr,
Na dyfod byth i'w plith.
Druan o hwnnw sydd yn byw
Ar ramant dyddiau gynt
Y Coliseum, pan fâi'r dorf
Fel ŷd o flaen y gwynt
Wrth floeddio ar lanciau gwritgoch, noeth,
O Brydain ac o Gâl,
A'r ceith didaro'n claddu'r gwaed
Dan dywod â rhaw bâl.

Druan o hwnnw a wêl swyn
Yn nhyrfa'r oesoedd pell,
Na ŵyr am Dyrfa'i oes ei hun
A nwyd chwaraeon gwell.
Druan o hwnnw na fu'n un
O dorf ar flaenau'i thraed
Bron yn gweddïo am lwydd ei dîm,
Pob gôl yn berwi ei waed,
A phan fo'r coch a gwyn Cymreig
Yn cario'r bêl i'r maes,
Na ŵyr am don gorfoledd bron
Pob Cymro a Chymraes.

* * *

Yn y Pafiliwn Gwisgo roedd
Yr hogiau fel rhai'n chwîl:
O! diod gadarn ydyw bloedd
Tyrfa o ddeugain mil.
Chwarddem am ben y lleiaf peth,
Neu fflachiem ar un gair,
Wrth frysio newid am y gêm,
A'n twrf fel baldordd ffair.
Pob gloyw gorff fel bwa tyn
Ar ôl disgyblaeth hir.
Llygad, a nerf, a llaw, a throed,
Mewn undeb dwyfol glir;
Iechyd a hoen ar ïau noeth,
Fel llewyrch santaidd dân
Yr allor ar bileri gwyn
Temel yr Ysbryd Glân.

Sefais am ennyd yn y drws
A lediai tua'r maes,
I weld y dyrfa o ddeugain mil,
A mwg fel mantell laes
Ysgafnwe drosti, a gemau tân
Yn fflachio ar hyd hon
Lle taniai rhywun sigarét
Neu bîb bob eiliad bron.

Tebygwn hwynt i wreichion gwefr
Y dyheadau lu
A redai megis trydan byw
O'r cae i'r seddau fry,

Gwreichion o'r tân fu'n llosgi'n fud
Yn nyfnder pob rhyw fron,
I dorri allan heddiw'n fflam:
Un dydd o'r flwyddyn gron
I ffoi rhag pob gofalon cudd
A'r gwenwyn sy'n eu sgîl,
A cholli'r hunan trwblus hwn
Mewn tyrfa o ddeugain mil.

Y dafn o law a syrth i'r môr
Pa ofid mwy a'i dawr?
Onid yw'n un â rhythmig nwyf
Ymchwydd y Fynwes Fawr?

* * *

Gwyddwn fod Siencyn yn y Dorf
Yn rhywle, – Siencyn Puw,
'Rhen ffrind o Donypandy ddu
A ganai fawl i Dduw
Ar ddim ond seithbunt yn y mis,
A phump neu chwech o blant
I'w magu ar hynny. – Roedd hen nwyd
Y bêl yng nghalon sant
Wedi ei dynnu i fyny i'r Dre,
Er bod y cyrddau mawr
Yn Libanus a 'hoelion wyth'
O'r '*North*' yn dod i lawr.

Siencyn, a ddysgodd daclo im
Pan own i'n Libanus
Yn 'stiwdent' ar fy mlwyddyn braw
Mewn dygn ofn a chwŷs;
Siencyn, a ddaeth i'm gweld am sgwrs
A 'mwgyn' wedi'r cwrdd,
A gwraig tŷ'r capel bron cael ffit
Wrth glywed hyrddio'r bwrdd
Tra dysgai Siencyn im pa fodd
Y taclai yntau gynt,
Cyn i'r Diwygiad fynd â'i fryd
A'r *asthma* fynd â'i wynt.

Gwyddwn fod Siencyn yn y Dorf,
A llawer Shoni a Dai,
Er bod cyflogau'n ddigon prin
A'r fasnach lo ar drai.

Roedd 'Beth sydd imi yn y byd?'
Yn brofiad gwir i'r rhain;
A chanent hi a dyblent hi;
A hyfryd oedd y sain
I mi tra safwn yn y drws
O flaen gorfoledd gwŷr
Oedd heddiw'n un Gymanfa fawr
Ac nid yn gaethion hur.

O! Dai, a Shoni, a Siencyn Puw,
Tyrfa'r cyffredin mud,
Beth pan ddowch chwi i weld mai Cân
Yw'r grym sy'n siglo'r byd?
Beth pe bai'r angerdd hwn sy'n awr
Yng ngwythi deugain mil
Yn fflamio fel y Marseillaise
O flaen yr hen Bastille?

Ond dyna bîb y refferi!
Mae'r Dyrfa ar ei thraed,
Ac er y daran sy'n ei bloedd,
Nid bloeddio y mae am waed,
Ond bloeddio'i chroeso i'r ddau dîm
Wrth inni ddod i'r cae,
Rhyw ru ofnadwy megis llew
Pan ruthra ar ei brae.

Ac fel y dyfroedd a fu 'nghwsg
Tu hwnt i'r argae mawr
Uwchben Dolgarrog, (a ffrwd wen
Dros hwnnw'n canu i lawr),
Yn rhwygo'r argae mawr un nos
A rhuo dros y tir,
Fe rwygodd argae'r Dyrfa'n awr
Bloedd fel rhyferthwy hir!

Clywais, ac ofnais wrth y rhu,
Cans beth os ffaelu a wnawn?
Wedi cael siawns am gap Cymreig,
Beth os mai llwfrgi a fawn?
Pe bai fy nerf o flaen y Dorf
Yn methu â dal y straen,
A mi'n llwfrhau ac ildio'r bêl
Wrth weled Joyce o'm blaen?
Joyce, cefnwr Lloeger, oedd â'i hwrdd
Fel hwrdd cyhyrog gawr;
Joyce a dorrodd esgyrn llawer llanc
O'i fwrw ef i'r llawr.

Am ennyd ofnais – ond daeth llef
Yn bloeddio f'enw i,
Llef gwŷr y Rhondda uwch y twr,
Â balchder yn eu cri.

A chofiais i am Siencyn Puw
Ac am ei gyngor gynt,
A'i fod e'n gwylied, – ac fe aeth
Fy ofnau gyda'r gwynt.
Onid oedd yno ffrindiau lu
I'm helpu'r funud hon?
Ac fel yr elai'r gêm ymlaen
Clybûm hwy:- 'Dere John!'

A rhyfedd undeb brodyr maeth
Cydrhwng ein tîm i gyd
A ail-gyneuodd sicrwydd llwydd
Â fflam ei gadarn hud.

Daeth Ffydd o'r Dorf a Ffydd o'r tîm
I'm cario ar ei bron,
Megis y dygir nofiwr llesg
I'r lan ar frig y don.
Ho! fel yr elai'r gêm ymlaen
Pwy hidiai friw na chur,
A ninnau'n gweled ar bob llaw
Fod Cymru'n falch o'i gwŷr?

A'r ddau dîm, â'u holl nerfau'n dynn
Megis dwy delyn wynt,
Gyweiriwyd nes bod pob rhyw chwa
A chwythai ar ei hynt
O blith y dyrfa'n peri i'r rhain
Ateb i'r llefau ban;
A 'Lloeger! Lloeger!' oedd eu cri,
Neu 'Cymru! Cymru i'r lan!'

Deng munud cyn yr olaf bib!
Y Dyrfa'n ferw mawr,
A'r sgôr yn sefyll rhyngom ni
Yn wastad eto'n awr.

Roedd Cymru'n pwyso, pwyso'n drwm,
Ac eto – O! paham
Na allem dorri ei hanlwc hir
Wrth chwarae'n Twickenham?

Ar hynny dyna'r *scrum* yn troi,
A dyna'r bêl i Len,
A dyna hi i'm dwylo i,
A dyna'r byd ar ben:
Dychlamai'r Dyrfa ar bob llaw
Fel pysgod o fewn rhwyd;
Ni welwn ddim ond lein y gôl
A'r llif wynebau llwyd.
Ac megis ton a'i brig yn wyn
Yn rhedeg ar hyd pîr
Rhedai'r banllefau, ymlaen, ymlaen,
Yn sîr ar orffwyll sîr.

Clybûm eu ffydd i'm hyrddio ymlaen
Megis ar frig y don,
A gwŷr y Rhondda uwch y twrf
Yn bloeddio: 'Nawr 'te, John!'

Gwibiai'r wynebau heibio im
Fel gwibio ffilm ar rîl,
A minnau yn ganolbwynt nwyd
Tyrfa o ddeugain mil.
Ac nid oedd dim yn *real* ond

Y bêl oedd yn fy llaw,
A bloedd y Dyrfa oedd o'm cylch,
A'r llinell wen oedd draw.

Clybûm ryw ddyheadau croes
Trwy'r awyr yn nesáu,
Holl ddyheadau Lloegr, o'm blaen
Fel difwlch fur yn cau;
Neu megis cawod genllysg dost
Yn curo arna' i'n awr.
A phlymiais innau i ganol hon
Gan gadw 'mhen i lawr.

Yn sydyn teimlwn rym o'm hôl
I'm cario ymlaen, ymlaen,
Grym dyheadau Cymry'r Dorf
A'u nerfau i gyd ar straen.
Rhyw angerdd fel gweddïo oedd,
A'm cipiodd ar ei frig
Dros ben y difwlch fur ar lam
A heibio i'r gwylwyr dig;
Ymlaen, nes disgyn dros y lein
A'r bêl o tana i'n dynn;
A chlywed bloedd y deugain mil
Wrth orwedd yno'n syn,
A gwybod ar eu banllef fawr
Ddarfod im sgorio'r trei.
O Fywyd! dyro eto hyn,

A'r gweddill, ti a'i cei!
Un foment lachar, pan yw clai'n
Anfarwol megis Duw,
Un foment glir, pan fedraf ddweud
'Yn awr bûm innau byw!'

Y Ferch o Dy'n y Coed

(Y pennill cyntaf yn draddodiadol)

Mi fûm yn gweini tymor
Yn ymyl Ty'n y Coed.
A dyna'r lle difyrra
Y bûm i ynddo 'rioed:
Yr adar bach yn tiwnio
A'r coed yn suo 'nghyd.
Fy nghalon fach a dorrodd
Er gwaetha'r rhain i gyd.

Mi 'listia'n ffair g'langaea
Os na ddaw petha'n well.
Mi gymra'r swllt a hwylio
Am lannau'r India bell.
Mi ffeiria diwnio'r adar
Am sŵn y bib a'r drwm.
Mi ffeiria'r coed a'u suon
Am su'r pelennau plwm.

A phan ga i fy saethu
Bydd hancas sidan wen
Yn goch uwch clwyf fy nghalon,
O! ewch â hi at Gwen.
A dwedwch wrth ei rhoddi
Yn llaw'r greulona rioed:-
'Gan Wil fu'n gweini tymor
Yn ymyl Ty'n y Coed'.

Marwnad yr Ehedydd

(Y pennill cyntaf yn draddodiadol)

Mi a glywais fod yr 'hedydd
Wedi marw ar y mynydd.
Pe gwyddwn i mai gwir y geiria',
Awn â gyr o wŷr ag arfa'
I gyrchu corff yr 'hedydd adra'.

Mi a glywais fod yr hebog
Eto'n fynych uwch y fawnog,
A bod ei galon a'i adenydd
Wrth fynd heibio i gorff yr 'hedydd
Yn curo'n llwfr fel calon llofrudd.

Mi a glywais fod cornchwiglan
Yn ei ddychryn i ffwrdd o'r siglan
Ac na chaiff, er dianc rhagddi,
Wedi rhusio o dan y drysi,
Ond aderyn y bwn i'w boeni.

Mi a glywais gan y wennol
Fod y tylwyth teg yn 'morol
Am arch i'r hedydd bach o risial,
Ac am amdo o'r pren afal,
Ond piti fâi dwyn pob petal.

Canys er mynd â byddin arfog
Ac er codi braw ar yr hebog,
Ac er grisial ac er bloda',
Er yr holl dylwyth teg a'u donia',
Ni ddaw cân yr hedydd adra'.

Trafaeliais y Byd

(Y pennill cyntaf yn draddodiadol)

Trafaeliais y byd, ei led a'i hyd,
Pan oeddwn yn ifanc a ffôl;
Bydd glaswellt dros fy llwybrau i gyd
Cyn delwyf i Gymru'n ôl.

Cyn delwyf i Gymru'n ôl, fy ffrind,
Cyn delwyf i Gymru'n ôl,
O! bydd glaswellt dros fy llwybrau i gyd,
Cyn delwyf i Gymru'n ôl.

Pe cawn i'n awr adenydd y wawr
Mi hedwn i fryniau fy ngwlad
I weld y rhosod cochion mawr
Ar fwthyn fy mam a 'nhad.

Ni choeliwn gynt a 'mhen yn y gwynt
Fod baich o hiraeth mor drwm;
Cawn daflu'r baich i'r llif ar ei hynt
Pe safwn ar Bont y Cwm.

Ffarwel fy nhad, ffarwel fy mam,
A heno rhowch follt ar y ddôr;
Ffarwel i'r eneth fach, ddi nam,
Sy'n wylo ar lan y môr.

Defaid ac Ŵyn

(Katherine Tynan)

Hwyrddydd o Ebrill ydoedd,
Ebrill a'i awel fwyn;
Ac ar y ffordd y defaid
Âi heibio gyda'u hŵyn.

Y defaid a'u hwŷn âi heibio
I fyny am Fwlch y Llyw.
Hwyrddydd o Ebrill ydoedd:
Meddyliais am Oen Duw.

Blin oedd yr ŵyn a chŵynent
Yn llesg a dynol eu cri.
Am Oen Duw y meddyliais
Yn myned i Galfari.

Fry yn y glas fynyddoedd
Mae'r borfa bereiddiaf a gaed:
Gorffwys i'r cyrff bach eiddil,
Gorffwys i'r egwan draed.

Ond Oen Duw ni chafodd
Fry yn y bryndir glas
Ddim ond y groes felltigaid
Rhwng croesau troseddwyr cas.

Hwyrddydd o Ebrill ydoedd.
Ar y Ffordd i Fwlch y Llyw
Y defaid a'u hŵyn âi heibio:
A chofiais am Oen Duw.

Baled Largo o dre Pwllheli

(Detholiad)

"Roedd Largo'n pysgota un nos yn llon,
Bythefnos yn ôl, ar fôr di-don
Ger Trwyn y Garreg, ac yn canu'n iach
Wrth osod yr abwyd ar ei fach
A gollwng y lein tan y lleuad wrth blwm
I'r banc hwnnw lle mae'r lledi trwm.

Yn sydyn reit, dyma andros o blwc
'Ew!' meddai Largo, 'dyma imi lwc!
Pysgodyn mawr, ne' mi fwyta'i 'nghap.'
A dyna'r lein yn rhedeg allan chwap.
'Ohoi!,' meddai Largo, 'sturgeon ne' ddim,
'Run fath â hwnnw' ddaliodd Wil Cim;
Gwerth arian da a sbri, mi wn,
Yn Siop Rebeca, mi ga'i sofran am hwn.
Ond gofalus rŵan, – dim toriad, dim twyll,
Rhaid ei weindio fo i mewn gan bwyll, gan bwyll.'

A dyna weindio'r lein, yn ara' dirion.
Ond Bobol Annwyl! Gwared y Gwirion!
Be' welai Largo'n dwad i'r top?
Morforwyn brydferth fel lolipop,
Yn esgyn i frig y dyfroedd hallt
A'i fachyn-o'n sownd ym modrwyau'i gwallt.
A hwnnw fel arian byw, wyt ti'n dallt?

Wel, fedrai Largo ddeud yr un gair,
Ond syllu arni fel ffŵl pen ffair.
Un swil ydi o efo merched erioed,
Un ynfyd o swil, o ddyn trigain oed,
Ac er fy mod innau fel yntau'n hen lanc,
Nid am yr un rheswm – Be' ddwedais ti? Swanc?
Cau di dy geg, ne' chei-di mo'r stori.

Roedd Largo mor llonydd â giâr yn gori
Yn eiste'n ei gwch ac yn syllu'n fud
Yn wyneb morforwyn brydfertha'r byd,
Ei gruddiau cyn goched â'r cwrel ei hun,
Ei llygaid cyn ddued ag eirin Llŷn.
A'i gwallt yn sgleinio fel arian byw
Ar wyneb y môr wrth ymyl y llyw.
A Largo heb wybod yn iawn beth i'w wneud,
A heb wybod o gwbwl beth i'w ddweud.

"Noswaith dda," meddai merch y wendon hallt,
"Mae'ch bachyn-chi, syr, yn sownd yn fy ngwallt;
A mae rhywbeth yn gwingo, rwy'n meddwl mai'r *worm*
Ac yn chwarae hafog â thonnau fy *mherm*.
"A fyddech chi cystal, syr," ebe hi,
"Âm gollwng yn rhydd i ddychwelyd i'r lli?"

Ar hyn dyma Largo yn torchi ei lawes
A'i chodi i'r cwch, a hithau'r g'nawes
Yn eistedd o'i flaen yng ngoleuni'r lloer
A pherlau'r dwfr rhwng ei dwyfron oer;

Ond dyna a welai Largo'n beth od
O'i gwasg i lawr dim ond cynffon cod!

Â bysedd crynedig, nid ar chwarae bach
Fe lwyddodd o'r diwedd i ddatod ei fach.
"Diolch, del," meddai hithau mewn llais fel y gwin
Gan symud i eistedd reit ar ei lin,
A'i gofleidio'n ei chôl, fel mewn pictiwrs clas,
A rhoi cusan hir reit dan ei fwstas.
A Largo'r peth ffôl
Yn ei gollwng o'i gôl
A hithau yn llithro i'r dwfr yn ôl.

Dadebrodd yntau pan welodd o hyn,
A llefain o ddyfnder ei enaid syn,
Gan geisio cael gafael trwy sblas y wendon
Tan olau'r lloer ym môn ei chynffon,
"Forforwyn fach, annwyl, arhoswch yn wir.
Rydach-chi'n 'neall i'n well na merched y tir,
'Ches i 'rioed yn fy mywyd gusan mor hir.
Na ddychwelwch i'r lli,
Dowch i fyw efo mi,
Forforwyn fach, annwyl, gwrandewch ar fy nghri.
'Does gen i'n fy mwthyn ond siambar a thaflod
Ond mae hynny'n well na byw ar waelod
Y môr, yng nghwmpeini penwaig hallt,
A chranc a chimwch yn cerdded trwy'ch gwallt,
A chysgu yng ngwely'r llysywod hir;
Forforwyn fach, neis, dowch i fyw ar y tir."

Ond gwenu a wnâi merch y môr, gan ddweud
Fod yr hyn a fynnai'n amhosib' ei wneud.
"Ac os mynnwch-chi hefyd wybod pam,
Rydwy i'n dal i gofio cyngor 'mam,
'Dydi hogiau Pwllheli'n hidio'r un dam,
Ar ôl blino caru, be' ddaw o'r ferch,
Gwylia dithau, 'r un fach, rhag credu i'w serch.

Ac rwy'n cofio trychineb Llymri Llwyd,
Cyfnither i mi, a ddaliwyd yn rhwyd
Now Ostrelia flynyddoedd yn ôl.
Fe fu hi mor wirion â mynd yn ei gôl
I fyw ar y lan, 'fel pet', meddai fo,
I'w eneth fach ddengmlwydd Jemima Jo.
Addawodd Now iddi dwb golchi ei wraig
A'i lanw bob dydd â gwymon y graig,
A Llymri gydsyniodd.

Cyn pen wythnos ffromodd
Now Ostrelia wrth weled cregin
A gwymon yn boetsh hyd lawr ei gegin,
A dechrau tuchan ei fod wedi blino
Hel berdys a gwichiaid a chocos i'w chinio.
A Llymri druan ddechreuodd edwino,
Ac yna, o'r diwedd, ar ôl iddi huno,
Fe'i gwerthwyd gan Now
Ostrelia, Ow! Ow!

I sioe anifeiliaid a ddaeth i Bwllheli,
I fwydo rhyw forlo a wnâi gamp â pheli.
Ow, Llymri, a'i chamwedd a'i diwedd dwys,
Ei gwerthu gan Now am dair ceiniog y pwys!"

"Wnawn i byth beth felly," ocheneidiai Largo,
"Rwy'n nabod Now. – Fe ŵyr pawb, neno'r argo,
Nad ydyw hwnnw ond cythraul mewn croen.
Ond, ledi, ni rown ichi funud o boen.
Rwy'n ddiniwed fel y glomen, yn ffeind fel yr oen.
Pe baech chi ond dwad i fyw ataf fi
Fy nefoedd fyddai 'tendio bob dydd arnoch chi.

Mi brynwn i bram, a mynd â chi am dro
I weled y dref ac i weled y fro.
Mae 'na bictiwrs ardderchog yn Neuadd y Dre;
Caem fynd yno bob nos fel dau gariad, yntê?
Ac mae Siop Pwlldefaid yn dda am fargeinion,
Mi bryna'i ffrog laes i guddio dy gynffon.
Paid, siwgwr-gwyn-candi, â nofio i ffwrdd;
O! tyrd yn ôl ataf fi ar y bwrdd!"

Ond taflu un cusan a wnaeth hi â'i llaw
Ac ysgwyd ei phen a nofio draw;
"Diolch ichi'r un fath, f'anwylyd del,
Ond mae'r peth yn amhosib'. Ffarwel! Ffarwel!"
Ac fe lithrodd o'r golwg o dan y swel.

* * *

A byth er hynny mae Largo bob dydd
Yn eistedd fan yma, â'i olwg yn brudd,
Yn eistedd fan yma â'i ben rhwng ei ddwylo,
Yn syllu i'r dŵr ac yn gwneud sŵn wylo,
Yn syllu a syllu i waelod y môr,
A'i gap-pig-gloyw *'back-to-fore'*,
Yn syllu i waelod y dyfroedd hallt
Ac yn disgwyl gweld morwyn ariannaid ei gwallt,
Ei gruddiau cyn goched â'r cwrel ei hun,
A'i llygaid cyn ddued ag eirin Llŷn.

Rŵan, cymer di gyngor hen lanc fel fi,
A phaid â cholli dy ben, da thi,
Am unrhyw ferch yn y byd mawr, crwn,
Rhag ofn yr ei dithau 'r un fath â hwn."

Cambrai 1918

Rhwbel a llaid, ac ambell sgerbwd tŷ
A'r gwynt yn ochain dan ei ais, a'r glaw
Yn amdo drosto. Gan y gwarth a'r braw
Mudanrwydd trwy bob heol. Man a fu
Gartref i rywrai'n ddim ond pydew du, –
Eco 'sbardunau milwr oddi draw
Yn camu'n llon ei fryd trwy'r llaid a'r baw;
Derfydd ym mhen y stryd ei chwiban hy;

Fan honno gwn fod eglwys a darn Croes,
Ar arni Un a ddrylliodd milwyr gynt,
A ddrylliwyd eto. Sigla yn y gwynt
Yn ddiymadferth yn Ei farwol loes.
Ac uwch Ei ben mae rhwyg drwy'r trawstiau bras
A thrwy y rhwyg rhyw ddarn o nefoedd las.

'Beddau a'u Gwlych y Glaw'

Dan law digalon Fflandrys
Pwy biau'r beddau hyn?
Rhyw hogia' bach o Gymru
Sydd dan y croesau gwyn.

Pa beth a'u tynnodd yma
I wlad estroniaid pell?
Breuddwyd am Armagedon
A Heddwch llawer gwell.

Ond beth yw'r sŵn morthwylion
Trwy ddrws y ffatri dân?
Och! Duw a helpo'r hogia,
Malurio breuddwyd wnân',

Ond dynion ydyw dynion
Felly ar bwy mae'r bai?
Diolch na chlywant hynny
Tu hwnt i'w dorau clai.

A Duw Ei Hun a ddiddano
Y rhai a ddaeth yn ôl
I wrando'r dur forthwylion
Yn dryllio'u breuddwyd ffôl!

Anfon y Nico

(Tafodiaith Gwynedd)

Nico annwl, ei di drostai
Ar neges fach i Gymru lân?
Ei di o fro y clwy a'r clefyd
I ardaloedd hedd a chân?
Ydi ma'r hen Strwma'n odiath
Dan y lleuad ganol nos,
Ond anghofiat titha'r cwbwl
'Daet ti'n gweld y Fenai dlos.

Sut yr wt-ti'n mynd i 'nabod
Cymru pan gyrhaeddi 'ngwlad?
Hed nes doi i wlad o frynia
Sydd a'r môr yn cuddio 'u trad:
Lle ma'r haf yn aros hira,
Lle ma'r awal iach mor ffri,
Lle ma'r môr a'r nefoedd lasa,
Gwlad y galon – dyna hi.

Chwilia Gymru am yr ardal
Lle ma'r gog gynara'i thôn,
Os cei di yno groeso calon
Paid ag ofni – dyna Fôn;
Hed i'r gogladd dros Frynsiencyn,
Paid ag oedi wrth y Tŵr,
Ond pan weli di Lyn Traffwll
Gna dy nyth yng ngardd Glan Dŵr.

Gardd o floda ydi honno
Gardd o floda teca'r byd;
Ond mi weli yno rywun
Sy'n glysach na'r rhosynna i gyd!
Cân 'y ngofid, cân i Megan,
Cân dy ora iddi hi,
Cân nes teimla hitha'r hirath
Sydd yn llosgi 'nghalon i.

Dywad wrth 'y nghefndar hefyd
Y rhown i'r byd am hannar awr
O bysgota yn y Traffwll,
Draw o sŵn y gynna' mawr.
Dywad wrtho 'mod i'n cofio
Rhwyfo'r llyn a'r sêr uwchben,
Megan hefo mi, a fonta
Efo'r ferch o'r Allwadd Wen.

Wedi 'nabod Wil a Megan
'Dei di byth i ffwr', dwi'n siŵr:
Pwy ddoi'n ôl i Facedonia
Wedi gwelad gardd Glan Dŵr?

Ym Min y Môr

Mae bryniau Groeg mewn porffor des yn estyn ar bob
llaw,
Ac ar bob trum fe rydd y wawr addewid am a ddaw;
Mi glywaf glychau'r defaid mân fel sŵn afonig glir
Yn treiglo i lawr o'r bryniau ban. Neithiwr yr oedd y tir
Yn llawn ysbrydion oesau fu. Roedd Alecsander Fawr
A'i luoedd yng ngoleuni'r lloer drwy'r glyn yn dod i
lawr.
Ah, Nel! Mae Macedonia'n deg, rhy deg i un fel fi;
Ond sut mae'r 'bae' dan leuad Mai? Oes llwybyr dros y
lli?
O Dduw! 'r tangnefedd sy'n ystôr
Ym min y môr, ym min y môr.

Mae blodau Groeg fel nyddwaith drud o lawer lliw a
llun,
Fel pe syrthiasai sêr y nef i blith y gwellt bob un;
Neu cwympodd un o filwyr glew y Dyddiau Fu fan
hyn,
A thyf o'i foch y popi coch, o'i fron y popi gwyn.
Ond rhowch i mi'r môr-gelyn a blodau'r ysgall hallt
A llygaid dydd y Morfa a blethit ti'n dy wallt;
Ac er bod eos yma bob nos i ganu serch,
Mi rown y cyfan heno am draethell Aber Erch,
A chri'r gwylanod lleddf eu côr
Ym min y môr, ym min y môr.

Mae merched Groeg fel breuddwyd; a'u tresi duon hardd,
A mellt eu llygaid gwyllltion bron iawn â drysu bardd;
Mae'r gwaed fel sug eu grawnwin yn llawn o dân yr hin
(Meddwn ar eu cusanau, os meddwa gŵr ar win);
Ond O! mae merch yng Nghymru ac arni hi mae 'mryd -
Mae rhywbeth yn ei hwyneb sy'n dlysach na'r holl fyd,
Mae'i chalon fach yn burach na'r môr awelon llon,
A'i chusan fel y heulwen a chwery ar y don.
Pryd cawn ni eto gwrdd, fy Iôr,
Ym min y môr, ym min y môr?

Monastîr

Doe mewn Cyfarfod Misol ar lith ariannol sych
Gwelais ryw afon loyw, a llawer meindwr gwych
Yn crynu ar ddrych ei dyfroedd uwch llawer temel wen;
A'r awyr denau eglur fel sidan glas uwchben,
Ond lle bai cwmwl bychan dim mwy na chledr llaw
O gwmpas plên y gelyn yn agor yma a thraw.
Tywyllai'r glaw y capel, a'i ddadwrdd ar y to
Fel tôn gŵr y cyfrifon a'i lith hirwyntog o.
Gwybu fy nghalon hiraeth dir
Am Fonastîr, am Fonastîr.

Ymdeithiwn unwaith eto yn filwr gyda'r llu
Ac eco'n trampio cyson yn deffro'r dyffryn du.
Clybûm yr hen ganeuon, a'r un hen eiriau ffraeth,
Gorfoledd gwŷr Yr Antur Fawr âi'n rhydd o'n carchar
caeth.
Daeth llef yr ystadegydd fel cri colledig wynt:
'Daw'r gronfa hon eleni â phedwar ugain punt.'
O! f'enaid, onid harddach ped aethit tithau'n rhydd
O ganol Yr Anturiaeth Fawr cyn pylu gwawr dy ffydd
Fel enaid llawer cymrawd gwir
I Fynwes Duw o Fonastîr.

Cyfododd yntau'r Llywydd: 'Mae'n bleser gen i'n awr
Ofyn i'r diaconesau ein hannerch o'r Sêt Fawr."
Yr oedd eu gwisg yn barchus, a'u gwallt yn barchus
-dynn,
A pharchus eu cerddediad. Ond gwelwn lechwedd
bryn
A Chlöe gyda'i defaid. Dylifai'i gwallt yn rhydd
Dan gadach sidan melyn, a lliwiai'r haul ei grudd,
Rhedai yn droednoeth ataf â chusan ar ei min;
Nid oedd ond clychau'r defaid i dorri ar ein rhin.
A gofiwch weithiau, glychau clir,
Am hanes dau ym Monastîr?

Mab y Bwthyn
(Detholiad)

Yr oedd mynd ar y *jazz-band*, a mynd ar y ddawns,
A mynd ar y byrddau lle'r oedd chware siawns;
Yr oedd mynd ar y gwirod a mynd ar y gwin
A mynd ar y tango, lin wrth lin,
Yr oedd mynd ar y chwerthin, a mynd ar y gân,
A'r sŵn fel clindarddach drain ar dân.

Yr oedd yno wŷr heb garu'r awyr iach,
A gwragedd heb wrando cân aderyn bach;
Gwŷr yn byw ar gawl ffacbys coch,
A gwragedd yn byw ar gibau moch,
Gwŷr heb ddeall fod miwsig mewn nant,
A gwragedd heb wybod anwyldeb plant.

Tlodion oeddem heb weld ein bod yn dlawd,
Eneidiau wedi marw'n trigo mewn cnawd,
Merched a ddawnsiai yn uffern drwy'r nos
Er bob lili'n eu gwallt a pheraidd ros;
A dynion yn y pwll er eu chwerthin ffri,
Ac yno yng Ngehenna yr oeddwn i.

Yr oedd llenni'r ystafell i gyd i lawr;
Y mae dynion yn Llundain yn ofni'r wawr.
Yng ngoleuni dyn gall pechod fyw,
Ond a welaist ti bechod yng ngoleuni Duw? . . .

Daeth trol dan roncian ymhell i lawr
Ar ei ffordd i Covent Garden, i'r farchnad fawr;
Ac ynddi yr oedd llwyth o flodau'r grug.
O Dduw! Y pangfeydd i'm calon a ddug! . . .

Llechweddau'r grug! Llechweddau'r grug!
Yno mae bywyd ac nid ffug.
Mae yno ddynion talgryf glân
A'u dyddiau megis darn o gân.
Mae'r gwragedd yno'n wragedd pur,
Heb ddamnio'u plant â chwant a chur.
Ac ni ddaw gwenwyn byd a'i rith
I lygru awyr iach y ffrith;
Na'r diafol â'i frwmstanaidd fellt
I ysu'r bwthyn bach to gwellt.

O! gwyn fy myd pan oeddwn gynt
Yn llanc di boen ar lwybrau'r gwynt!
Gan Dduw na chawn i heddiw'r hedd
A brofai'r hogyn gyrru'r wedd!

Pryd hynny'r oedd fy ieuanc fron
A'i cherddi i gyd mewn cywair llon;
Yr oedd fy mywyd oll yn bur
A'm calon fach heb brofi cur.
Unig uchelgais llanc o'r wlad
Yw torri cwys fel cwys ei dad . . .

Does dim wna f'enaid blin yn iach
Ond dŵr o Ffynnon Felin Bach.
Sawl tro o dan ei phistyll main
Y rhoddais biser bach fy nain?
Tra llenwid ef â dafnau fyrdd,
Gorweddwn ar y mwsog gwyrdd.
Yno breuddwydiwn drwy'r prynhawn
A'r piser bach yn fwy na llawn,
A'r dŵr yn treiglo dros ei fin
Ac iechydwriaeth yn ei rin
Ar gyfer pob rhyw glefyd blin . . .

O! gwyn fy myd pan oeddwn gynt
Yn llanc di boen ar lwybrau'r gwynt!
Os bwthyn bach oedd gan fy nhad,
Myfi oedd brenin yr holl wlad;
Myfi oedd piau cân y gog
A chân yr ŷd a chân yr og,
A'r mwyar gwyllt, a'r llwyni cnau,
A llawer ogof ddu a ffau,
A llawer pwll yng ngwely'r nant,
A nythod adar wrth y cant . . .

O wynfa goll! O wynfa goll!
Ai dim ond breuddwyd oeddit oll?
Paham y cefnais ar y wlad
A'r bwthyn bach lle bu fy nhad
Yn eiriol drosof? A phaham
Y diystyrais ddagrau 'mam?

Gan Dduw na chawn i heddiw'r hedd
A brofai'r hogyn gyrru'r wedd!

***

Gwnaeth Duw un diwrnod wyneb merch
O flodau a chaneuon serch.
I'w llygaid a'u dyfnderoedd mawr
Tywalltodd lawer toriad gwawr.
Rhoes iddi'n galon fflam o dân
Oddi ar un o'i allorau glân.
Anadlodd ynddi ysbryd sant,
A daeth i'n byd fel Gwen Tŷ Nant.

Pan welais gyntaf wyneb Gwen
Gwelais fod stormydd f'oes ar ben.
Gwelais yn nwfn ei llygaid hi
Yr hedd a geisiai nghalon i,
Ac yn ei mynwes hafan glyd
I ffoi rhag holl ddrycinoedd byd.

Pan welais eilwaith wyneb Gwen
Hi aeth â mi tu hwnt i'r llen
I gyfrinachau'r sêr a'r coed:
Deallai hi eu hiaith erioed,

Deallai'r llais o'r dwfn a dardd:
Gwnaeth ei chusanau finnau'n fardd.

O'm llid eiddigus hi a'm dug
I weld y nef sydd yn y grug:

"Ti piau'r grug a'r awyr las;
Oes rhywbeth gwell gan fab y Plas?
"O! gad y ddaear iddo ef,
A llawenha. Ti piau'r nef.
Mae'r nefoedd yn ein hymyl ni;
F'anwylyd, tyrd, meddiannwn hi . . .

* * *

Atseiniwyd galwad corn y gad
Gan garreg ateb bella'r wlad,
A llawer mab a gymerth gledd
I'w law yn lle awenau'r wedd.
Eto, er brwydrau ffyrnig Mai,
Ni chanai'r adar ronyn llai.
Daeth blodau'r drain i wynnu'r gainc
Er yr holl waed yn ffosydd Ffrainc . . .

Ond ni chawn yno law fy Ngwen
I'm tywys i'r tu hwnt i'r llen.
Yr ydoedd Gwen Tŷ Nant yn awr
Ynghanol berw Llundain fawr.
Och fi! yr oedd ei dwylo glân
Yn llenwi y pelennau tân
Sy'n chwythu gŵyr yn 'sgyrion mân . . .

* * *

Cofiaf o hyd am ing y nos
Gyntaf a dreuliais yn y ffos,
Ac am y gynnau mawr yn bwrw
Llysnafedd tân, ac am y twrw
Pan rwygid bronnau'r meysydd llwm
Gan ddirdyniadau'r peswch trwm;
A'r dwymyn; – twymyn boeth ac oer
Pan grynai'r sêr, pan welwai'r lloer.
Cofiaf am y tawelwch hir
A ddaeth fel hunllef dros y tir
Cyn inni gychwyn gyda'r fidog
Ar arch y goleuadau gwridog.

Gwelwn dros ben yr ochor wleb
Ysbrydion gwelwon Rhandir Neb,
A'r gwifrau rhyngom ni a'r gelyn
Yn crynu megis tannau telyn
Tan hud rhyw fysedd anweledig.
Toc daeth y seren ddisgwyliedig;
A llamodd pob dyn ar ei draed
I gychwyn tua'r tywallt gwaed.

* * *

Rhwng hanner nos ac un o'r gloch
Daeth un o wŷr yr hetiau coch
I'n hannerch ni gerllaw'r mieri
Lle y buasai ffosydd '*Jerry*',

Mawr oedd y cyffro, mawr y stŵr,
A mawr y parch a gaffai'r gŵr.
Efô oedd Llywydd y Frigâd,
A difa dynion oedd ei drad.
Ond dwedai'r coch o gylch ei het
Na thriniai o mo'r *bayonet*.
Roedd ei sbienddrych yn odidog,
Ond beth a wyddai ef am fidog?

Dywedodd, 'Wel, fy mechgyn glân,
Aethoch fel diawliaid trwy'r llen-dân.
Ac yn y rhuthr neithiwr lladdwyd.
Cannoedd o'r Ellmyn: ac fe naddwyd
Eich enwau ar goflechau'ch gwlad
Gyda gwroniaid penna'r gâd;
Y mae eich baner heb un staen,
Yr ydym filltir bron ymlaen.' . . .

* * *

Y *Glas* a'r *Coch*! Rwy'n cofio'n awr!
– Y dyn a wingai ar y llawr,
A'r ing yng nglas ei lygaid pur
Pan blennais ynddo'r fidog ddur;
A'r ffrydlif goch, a'r ochain hir:
Rwy'n gweld y cyfan eto'n glir:
A'r lluniau yn ei boced chwith:
– Llun geneth fach fel Nel fy nith,

A llanc deg oed mewn dillad llwm,
'Run bictiwr â fy mrawd bach Twm;
A gwraig lygadlon gyda'r plant
Yn debyg iawn i Gwen Tŷ Nant.
'Ddaw o ddim adref atynt mwy
O Arglwydd! fel y gwaedai'r clwy'. . . .

* * *

Un llythyr gefais – oddi wrth 'mam;
Adwaenwn ei llawysgrif gam.
Yr oedd yn gamach heddiw – Pam?
Craffwn ar y llythrennau mân;
Llosgent fy llygaid megis tân.
O Dduw! (A oedd Duw uwch fy mhen?)
Baich llythyr 'mam oedd – *Syrthiodd Gwen*!

O'r amlen a grynai yn fy llaw
Disgynnodd tusw grug i'r baw,
Grug gwyn! fe roes fy nghalon naid,
A sethrais ef dan draed i'r llaid.
A sethrais hefyd gydag ef
Fy holl obeithion am y nef,
A holl freuddwydion bore oes,
A'r weledigaeth wrth y Groes,
A'r addunedau dan y lloer.
Cyn hir fe aeth fy nghalon oer
Yn galed, galed, fel y dur.
Weithian ni theimlwn fawr o'r cur.

A phenderfynais gyda rheg
Anghofio'r wlad a'r oriau teg
A dreuliais yno gyda Gwen
Pan drigem o dan loywach nen . . .

A phan ymrithiai ambell dro
Ddarlun o'r bwthyn bach drwy 'ngho',
Ymdrechwn ddiffodd gwawr y nef
Yn niwloedd oer pleserau'r dref,
A chladdu'r Arglwydd Iesu Grist
O'r golwg dan bechodau trist.
Ond pwy all ddiffodd toriad gwawr
'A chladdu'r Atgyfodiad Mawr'?

Yn ffôl dywedais: 'Nid oes Dduw
I weled sut yr wyf yn byw,' . . .

Ond anghofiaswn fod y Nerth
A welodd Moses yn y berth
Yn llosgi eto yn y grug
Heb ddifa'i swyn, heb ddeifio'i sug;
Ac anghofiaswn y gall tân
Ar flaen adenydd angel glân
Ddryllio cadwynau'n chwilfriw mân;
A bod gan Dduw angylion fyrdd,
O bob rhyw radd, a phob rhyw urdd,
Rhai'n byw o gylch yr Orsedd Fyg,
A rhai tu fewn i flodau'r grug.

Canys wrth groesi *Leicester Square*
Fe dorrodd rhyw oleuni pêr
Ar f'enaid – megis oesau'n ôl
Yn Ffordd Damascus ar Sant Paul.

'Tyrd adref!' meddai llais o'r grug,
'Tyrd adref at yr hon a'th ddug.
Tyred yn ôl i erwau'r wlad
I dorri cwys fel cwys dy dad.
Tyrd eto'n ôl i'r seithfed nen
Lle trigit unwaith gyda Gwen.'

'Och!' meddwn, 'nid oes nef i mi
Rhwng bryniau Arfon hebddi hi.
Hi biau'r Wynfa a'i chaniadau,
A chanddi hi mae'r agoriadau.
Ni faddau Duw fy nghamwedd i
Oni faddeuaf iddi hi.
Tydi fu farw dros y byd,
Tosturia wrth ein beiau i gyd;
Dau enaid ŷm o nef y wlad
A ddrylliwyd ym mheiriannau'r gad;
A dwg holl werin byd yn iach,
O ddichell gwŷr yr uchel ach.' . . .

* * *

Yno o sŵn y byd a'i glwy'
Cawn orffwys: ac ni chrwydrwn mwy
Oblegid drws y seithfed nen
Yw drws y bwthyn. Tyred Gwen!

Salaam

Ni wn i am un cyfarchiad gwell
Nag a ddysgais gan feibion y Dwyrain pell.

Cyn ymadael dros dywod yr anial maith
Bendithiant ei gilydd ar ddechrau'r daith,

Pob un ar ei gamel cyn mentro cam
Tua'r dieithr ffin lle mae'r wawr yn fflam,

Â'i law ar ei galon, 'Salaam' yw ei gri,
– Tangnefedd Duw a fo gyda thi.

Lle bynnag y crwydri, er poethed y nen,
Boed Palmwydd Tangnefedd yn gysgod i'th ben.

Lle bynnag y sefi gan syched yn flin,
Boed Ffynnon Tangnefedd i oeri dy fin.

Lle codech dy babell i gysgu bob hwyr
Rhoed Seren Tangnefedd it orffwys yn llwyr.

Pan blygech dy babell ar doriad pob dydd
Doed Awel Tangnefedd ag iechyd i'th rudd.

A phan ddyco Alah ni i ddiwedd ein rhawd,
Cyd-yfwn yn Ninas Tangnefedd, fy mrawd.

* * *

Ni wn i am un cyfarchiad gwell
Nag a ddysgais gan feibion y Dwyrain pell;

A'u dymuniad hwy yw 'nymuniad i
– Tangnefedd Duw a fo gyda thi.